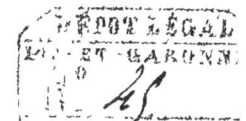

PAROLES

D'UN INFORTUNÉ

SUR L'EXISTENCE

DE L'ÊTRE SUPRÊME

ET QUELQUES MOTS

SUR

LES DIVERS ATTRAITS DE LA NATURE

PAR

J. G. GENIÈS DE LANGLE

AGEN

IMP. V. LENTHÉRIC, RUE DE CESSAC, 12.

—

1876.

PAROLES D'UN INFORTUNÉ

SUR L'EXISTENCE

DE L'ÊTRE SUPRÊME

PREMIÈRE PARTIE

Quand, parfois le Destin, dans ses desseins funèbres,
  Au sein de ces ténèbres
Où librement sans cesse il semble se cacher !
Dirige contre moi ses plus cruelles armes,
  Comme pour arracher
Mes plus amers soupirs, mes plus amères larmes,
Laissant courber mon front, mais comprimant mes pleurs,
Hélas ! j'invoque enfin, par mon humble prière,
Celui qui fit surgir, pour nos yeux, la lumière !
  Et la foi pour nos cœurs....

Mais comme nul ne vient un instant me défendre
Contre mon sort funeste en ce cruel séjour !
D'un esprit inquiet je me dis tour-à-tour :
A nul bienfait des cieux ne puis-je donc prétendre !
Ou serait-ce donc faux que nous tenons le jour
D'un Dieu pouvant tout voir et même tout entendre !

Mais quand las de peser chacun de mes revers,

Et surtout d'adresser vainement ma prière
Au ciel et même encore à des Etres divers !
Je relève un instant mon humide paupière !
Et qu'ainsi mon regard se porte dans les airs,
Où je vois qu'un seul Astre éclaire l'univers,
De nouveau je m'incline, et, d'espoir je soupire,
Car par lui seul cet Astre où se mirent les mers,
Révèle un Dieu pouvant, du haut de son Empire,
Adoucir nos malheurs, comme les rendre pire...

Mon front se courbe même une troisième fois,
Devant cet invisible et muet Roi des rois,
Quand j'imagine encor cette imposante Masse
Qui sans cesse pivote au centre de l'espace,
En portant sur ses flancs les mers, les monts, les bois !
Car les airs ne ceindraient ce gigantesque poids,
Sans le désir d'un Etre ayant par son essence,
Un suprême Génie, et la Toute-Puissance.

Et lorsque à l'horizon parfois résonne un bruit
Dont l'écho sous mes pas semble ébranler la terre,
Tandis que le soleil sinistrement pâlit
Comme pour annoncer l'approche du tonnerre !..
Quand de concert encor, de leur terne lueur,
De continus éclairs attristent la nature
Sous un ciel qui déjà n'est qu'une voûte obscure,
Oui, dès-lors je me dis, sans craindre nulle erreur,
Que ce lugubre aspect, remplissant de frayeur
      Jusqu'à l'humaine créature,
Au-dessus d'elle est donc un Maître dont la loi
      Peut ainsi la remplir d'effroi...

Et ma foi se ravive, on dirait davantage,
    Lorsque dans ce parage
Où tout semble venir convaincre mon esprit,
    Un affreux vent d'orage
    Tourbillonne et mugit,
Et que déjà la grêle autour de moi bondit,
Tandis que le tonnerre agite aussi sa fronde,
Car ici tout vient dire à la face du monde,
Qu'il est un Dieu pouvant, sans frapper de sa main,
    Châtier l'être humain...

Et quand bientôt je vois qu'un éclat de la foudre
    Venu du haut des airs,
A détruit un mortel, l'a réduit presque en poudre!
    Oui, je dis qu'à travers
    Cette immensité même,
Qui de ses bras géants embrasse l'univers,
    Il est un Roi suprême,
Pouvant nous foudroyer dans sa colère extrême!..

Oui, tout proclame un Etre aussi pur que puissant,
Qui veut que devant lui, sans raideur ni faiblesse,
Quelquefois notre front se courbe, obéissant!
Et que notre esprit soit respectueux sans cesse...

Car s'il n'existait point un Maître omnipotent
    Dont le pouvoir jamais ne passe
    Ni ne faiblit un seul instant,
Qui donc eût animé, d'un feu toujours vivace,
Ce superbe soleil aux traits sans cesse ardents,

Dont rien depuis des milliers d'ans
N'a pu même altérer la face !
Et qui donc eût encor fait surgir dans l'espace,
Cette Planète-Mère allaitant à souhait
Ce gigantesque enfant que l'on appelle Monde !
Cette Mère toujours pivotante et féconde,
Depuis un temps que nul ne sait !..

Qui donc surtout eût pu, sans un pouvoir sublime !
Pour couronner son œuvre au sein de cet abîme,
D'un vil amas de chairs, faire à son gré surgir
La charité, l'amour, l'honneur, le repentir,
Ces nobles sentiments dont l'être humain s'inspire !
Et lui parlent ainsi constamment à vrai dire,
De cet Auteur Divin
Qui put jadis sans frein,
D'abord, le faire éclore !
Puis l'ennoblir encore !..

Oui, d'où vient dans ce corps formé d'os et de chairs !
Cette divine flamme
Qui fait qu'ici notre âme
Nous convie à l'aumône ! A jamais nous rend chers
Nos parents, nos amis, nos enfants, notre femme !
Qui nous fait redouter les peines des enfers !
Qui nous distingue ainsi, malgré tous nos travers,
De ce monstre féroce
Qui, sans remords, détruit son semble aux déserts !
Enfin qui rend le crime à nos yeux, chose atroce !..

Qui donc fit naître, encor, d'un fragile cerveau,
Qui semble se blottir au sein d'un dur faisceau,
L'amour de la science! aussi bien à vrai dire,
Le génie enchanteur des arts et de la lyre!...

Et si, là, ce n'est l'art d'un Auteur souverain,
Qui donc a fait éclore ainsi, d'un seul levain,
Tant d'hommes qui sont tous presque égaux dans l'ensemble,
Alors que de figure, aucun ne se ressemble...

Fouillant les vieux dossiers, le sol, le sein des mers!
Où retrouverons-nous cette souche suprême,
Qui jadis la première embellit l'univers,
En lui donnant ainsi, par sa puissance extrême,
L'orateur, le poëte et des savants divers,
Dont chacun ici-bas honore la mémoire;
Si ce n'est celle enfin qu'on nomme dans l'histoire,
L'Etre suprême ou Dieu! ce Roi de tous les rois
- Qui conserve à son gré sa puissance et sa gloire,
Sa vigueur et ses sens, son trône d'autrefois...

Oui, qui donc, à part Dieu, pût remplir d'énergie
        Et surtout de génie,
        Cet illustre marin
Qui, le premier, brava la vague furibonde,
        Pour aller tendre enfin,
Une main fraternelle à quelque nouveau monde,
Jusqu'au-delà des mers!.. ce perfide chemin
Sur des monstres géants, à la gueule profonde!..

D'où vient encor la gloire à travers les combats,
De ce fier conquérant qui veut que sous ses pas

Tout s'incline ou succombe ,
Si ce n'est de Celui que n'atteint le trépas ,
Car sinon sa mémoire, enfin tout guerrier tombe...
Et son pouvoir d'hier, hélas ! nul aujourd'hui,
N'est déjà comme lui,
Que néant dans la tombe...

A son tour où prit donc son talent ce mortel
Qu'on appelle Astronome !
Qui d'un puissant regard , regard surnaturel,
Va fouiller jusqu'aux pieds du suprême royaume ,
Oui, va fouiller le ciel,
Ces lieux pourtant encore exclus de nos cadastres !
Et qui mesure ainsi dans ce séjour lointain ,
La marche et la grandeur des plus superbes astres,
D'où l'on voit provenir tour à tour et sans frein,
Ou beaux jours et richesse! ou tempête et désastres...

Sinon d'un divin Créateur !
D'où vient ce célèbre sculpteur
Qui d'un bloc de marbre ou de pierre
Que transforme à son gré son agile ciseau,
Fait l'image imposante ou de Paul ou de Pierre,
Fait sortir du tombeau
Un des grands de la terre !
Et ce peintre surtout dont l'habile pinceau
Enfante sans effort les traits de la nature !
Fait renaître , on dirait, l'humaine créature!
La fait rire ou pleurer !
La fait presque parler...

Mais hélas ! je dis, presque ! et ce défaut de vie
Ne me parle-t-il donc d'un Artiste Divin
Dont le génie et l'art sont sans borne et sans fin !
Oui, de celui qui put, au gré de son envie,
Donner jadis les sens, le cœur, l'âme, l'esprit
A l'être humain, ou mieux à sa divine image !
A l'oiseau, la vigueur, la plume et le ramage !
A l'arbre, la racine, et la feuille, et le fruit !
Enfin, le vif éclat, la splendeur à tout âge,
A cet astre géant qui sans cesse éblouit...

D'où vient encore l'art de celui qui sans ailes,
   Sur de frêles nacelles,
    Peut dans l'air s'envoler !
Comme si sa nacelle, en tout obéissante,
Se fit oiseau géant, créature volante,
Pour pouvoir à son gré sur monts et mers planer,
Mais sans pouvoir franchir la gigantesque pente
Qui mène à l'Astre-Roi, lieu que seul l'œil fréquente.

Et d'où vient l'art encor, de cet autre mortel
   Dans le cerveau duquel
    Récemment est éclose
    Cette machine grandiose
Animant par le feu ses entrailles de fer,
   Comme un vrai monstre de l'Enfer !
Et qui porte en un jour, de royaume à royaume,
Presque une armée entière, aussi bien qu'un seul homme !
Et d'où vient donc surtout, sous les eaux, dans les airs,
Le pouvoir de ce fil qui subitement tremble !

Et par ce signe va jusqu'au-delà des mers,
Faire à l'instant parler divers peuples ensemble...

Si ce n'est de Celui qui dicte ainsi ses lois
Aux astres, à la terre, à la nuit, à l'aurore !
        D'où vient, chez nous encore,
Notre idiome ! puis, dans nos chants, cette voix
        Douce, émue et sonore,
Dont les charmants accords ou plaintifs ou joyeux
        Attendrissent l'oreille !
Et parfois, malgré nous, arrachent à merveille
Des soupirs à nos cœurs, des larmes à nos yeux !
Oui, cette voix formant des sons mélodieux
        Où nous semblons revivre !
Où notre âme s'élève et de bonheur s'enivre...

Oui, dans nos doux transports, nos purs épanchements,
Pour qui seraient-ils donc, dans ces heureux moments,
Ces chaleureux soupirs ! ces souriantes larmes,
Si le ciel n'aimait point ce tribut de nos charmes.

Au nom de qui surtout, dans un malheur trop grand !
        Sentirions-nous notre paupière
        S'inonder de larmes de sang !
        Et dans sa douleur meurtrière,
Notre cœur à son tour, quel que soit notre rang,
        Gémir au sein de notre flanc,
Si le ciel n'exigeait, pour laver nos injures
        Et mettre un frein à notre orgueil,
Oui, des dards dans nos cœurs envers lui trop parjures,
        D'amères larmes dans notre œil!...

Oui, quel est ce colosse exigeant qu'on l'adore !
    Et que chacun implore
       D'un air doux, suppliant,
       Quand de son bras géant
       Il brandit cette fronde
Qui dans tout l'univers arrache comme à flots,
De nos yeux d'amers pleurs ! de nos cœurs des sanglots !
En un mot fait verser des pleurs à tout un monde !..

Encor, au nom de qui, lorsque affaiblis, souffrants,
Alors que nous craignons quelque funèbre crise,
Nos cœurs sont-ils craintifs, même tout repentants,
Et notre âme à son tour, d'inquiétude prise,
      Tandis que notre corps se brise
      Contre un simple souffle du temps !

Et quand je dis, un souffle ! à qui donc fut possible
Ce moteur gigantesque, et pourtant invisible,
Qui, sans s'éteindre un jour, mais d'un pas inconstant
Par lui seul sur mer, pousse un navire en avant !
Sur terre fait tourner de grands moulins à vent !
Et qui même parfois, dans son humeur terrible,
A l'instar du canon qui, certes trop souvent,
Exerce son ravage au sein de nos batailles,
Hélas ! oui, sens efforts, détruit en un instant,
De grands mats pavoisés !.. renverse des murailles..

Et ce souffle qui semble être un jeu des déserts,
Ou plutôt je dirais être le souffle même
      Du divin Roi de l'univers !
Le verrait-on ainsi, sans le pouvoir suprême

D'un maître qui commande aux printemps, aux hivers !
Tantôt froid, glacial, d'humeur vive, insolente !
Tantôt paisible et doux, ennemi des revers...
      Tantôt à l'haleine brûlante !
Alors, ternissant tout, dans sa course plus lente,
      Comme un vrai souffle des enfers !

Et sur le Créateur je trouve encor des preuves,
Lorsque je vois l'oiseau, puis tant d'êtres divers
S'étouffer dans les eaux, mais non point dans les airs !
Et le poisson râler, dès qu'il est hors des fleuves..

Et je trouve en pensant aux poissons, aux oiseaux,
      Une preuve nouvelle,
Quand je vois ainsi l'un battre l'air de son aile !
      L'autre en battre les eaux....

Et si ce n'est un être à qui rien ne résiste,
Pas même l'homme Athée, ennemi du Deiste,
      Quand sa main tend son noir drapeau !
Qui donc eût pu jadis couvrir d'un linceuil d'eau
La terre tout entière ! où tout un monde existe
      Même après ce mortel fléau,
Ce qui dit à son tour qu'un tout-puissant Artiste
Las de l'antique monde, en fit un tout nouveau !

      Sans un aveuglement funeste !
Même la nuit, alors qu'à nos yeux il ne reste
Des attraits d'ici-bas, ni fleurs, ni vert gazon,
Pourrais-je encor nier avec quelque raison,
Qu'il existe un Dieu ! Quand, dans la voûte céleste,
Je vois étinceler, celà même à foison,
      Autour de la machine ronde,

Tant d'astres qui sont tous bien plus grands que le monde !

Hélas ! serait-ce donc sans la Divinité
Qu'ont pu surgir ainsi même une infinité
De ces astres géants qui frappent notre vue,
De ces astres lointains que n'approche la nue ?..
Non ! Le croire serait un sot aveuglement,
      Car, sans cette main directrice,
        D'une puissance créatrice,
Il ne fut du chaos surgi tel firmament !

Pour voir qu'il est un Dieu qui vit comme dans l'ombre,
Mais qui voit tout du haut de son secret séjour !
      Oui, j'ai donc même la nuit sombre
        Après le vif éclat du jour,
Alors que l'univers veuf d'attraits pittoresques,
      N'offre déjà plus à notre œil
Que le lugubre aspect d'un immense cercueil,
Mais certes entouré de flambeaux gigantesques !

Oui, ce tableau nocturne où se perdent mes yeux,
Et qui semble imposer ici-bas le silence,
Porte au front des cachets du grand Maître des cieux,
Parmi lesquels la lune ! un astre encor immense,
      Pouvant à travers sa distance
        De quatre-vingt-cinq mille lieux,
Bouleverser les mers !.. inonder leur rivage !
Et parfois transformer leurs vagues comme en rage
      En paisible nuage !
      Et procurer ainsi

Un bienfaiteur breuvage
A la terre altérée, à ses enfants aussi....

Oui, tout, même au-delà de notre axe polaire,
Vient montrer à notre œil la main du Tout-Puissant,
Mais rien, peut-être autant
Que cet éclat solaire
Où, d'un désir constant,
La terre prend sa vie ! Où l'univers s'éclaire !..

C'est pourquoi lorsqu'ici je contemple à mon gré
Cet astre qui du haut de son trône sacré
A lui seul, et sans cesse abondamment féconde
Cette Planète-Mère, où je vois sur son sein
Lui sourire à leur tour, à la fois l'être humain,
La plante et l'être immonde,
Il me semble toujours, dans ma stupeur profonde,
Voir le Père Eternel, bénissant ses enfants
Dans les bras triomphants
De la mère du monde !

Mais, preuve cependant qu'ils ne sont point des dieux
L'un régnant ici-bas et l'autre dans les cieux,
C'est lorsque malgré lui, par contre,
Le soleil faiblement se montre !
Quand la terre amortie au contact des frimas,
Oui, semble, en soupirant, lui répéter tout bas :

Victime d'un mortel désastre
Où tout s'est flétri sur mon sein !
O toi soleil ! ô toi bel astre !
A mes revers viens mettre un frein....

Vite, dissipe vers la nue,
Un froid nuage, un voile obscur !
Vite, car je suis presque nue,
Rends pour moi le ciel doux et pur....

Non, je n'ai plus d'épais bocages
Où gaiment gazouillait l'oiseau !
Non, je n'ai plus de pâturages
Où gaîment bondissait l'agneau......

Je n'ai plus de vertes prairies
Où foltâraient les papillons !
Je n'ai plus de roses fleuries !
Je n'ai plus de riches sillons....

O toi, seul astre que j'adore !
Viens bannir ces glas triomphants
Où je sens se débattre encore
Maints débris de nos chers enfants,!

Oh oui ! sous le mal qui m'oppresse !
O toi soleil ! astre si doux !
Fais donc que sur mon cœur je presse
Et mes enfants et mon époux......

Et qu'ici le soleil, oui malgré lui captif,
Mais non point sourd à cet aveu plaintif
Que la terre, on dirait, cherche à lui faire entendre,
Semble à son tour lui dire d'un cœur tendre :
Loin de toi, prisonnier d'une rigide brume !
Je prête mon oreille aux sinistres échos

De tes cris que font naître un mal qui te consume,
Et je viens, chère terre, apaiser tes sanglots....

Oui, prends courage, car toi seule, chère amie,
Au-delà de ce voile où tous deux gémissons,
Es l'objet de mon cœur, es l'objet de ma vie !
A toi donc, au plus tôt, tous mes plus purs rayons.

Car, certes, à mon tour, ami de la famille !
J'aime à voir tes enfants pleins de vie et joyeux !
Oui, j'aime à voir l'œillet, la rose et la jonquille,
Tourner, comme pour moi, leurs regards vers les cieux !

C'est donc pourquoi, ma chère, ici double est ma peine,
Car privé de te voir et de voir tes enfants,
J'attends que vers vous tous un beau ciel me ramène !
Mais espoir, car bientôt nous vivrons triomphants !..

Oui bientôt, je l'espère, au gré de notre envie,
D'un généreux printemps nous verrons le retour,
Et selon nos chers vœux, oh oui, terre chérie !
A de nouveaux enfants nous donnerons le jour !

Oui, bientôt nous verrons de riantes prairies
Ecloses de l'amour dont battent nos deux cœurs !
Et même la jonquille et des roses fleuries,
Exhalant leurs parfums pour adoucir nos pleurs...

Et pourrais-je oublier, sans trop lui faire injure,

Comme révélateur, ce sublime Jésus
   Dont la vie, hélas ! fut si pure
Qu'elle fut un reflet de toutes les vertus !
   Reflet dont l'éclat toujours dure !
Eclat dont les rayons ne s'effaceront plus !...
   Enfin, oui, tout en cette vie,
   En tous temps, en tout lieu,
   D'un accent solennel s'écrie :
   Tout ici vient de Dieu !

Hélas ! oui, lorsque j'ouvre en cette conjoncture,
   Ce grand bilan de la nature !
Et que j'y trouve inscrits l'arbre et ses fruits dorés!
Les fleurs et leurs parfums ! les bosquets, leur verdure !
Lorsque surtout encor, j'y vois, enregistrés
   Comme en lettres ineffaçables,
Tant de grands hommes! puis, des ouvrages sacrés
   Qui semblent être impérissables,
Tels que la terre et l'astre en qui certes l'ardeur
Reste toujours vivace, ainsi toujours entière,
Oui, je dis qu'il existe un divin Créateur,
Dont la vie et les droits sont vierges de frontière...

Oui, ces attraits charmants des champs, des bois, des prés,
Et cet astre du ciel qui leur donne la vie,
Parlent ainsi sans cesse; et de loin et de près,
D'un Maître envers qui tout au respect nous convie,
Car le soleil lui-même à ses ordres pâlit
A l'aspect de l'orage, au-delà de la nue...
Puis il respecte encor le néant de la nuit...
Et l'ouragan passé, la terre est triste et nue...

Oui, je crois entrevoir pur souffle divin

Dans l'éclat d'un savant ! et tout ce qu'il ignore
     Vient me prouver encòre
     Qu'il ne sait presque rien !
Et qu'il n'est qu'un reflet de Celui qui sans frein
L'orna d'un feu sacré, vif, mais qui s'évapore ;
Comme aussi de nos fleurs le parfum prend sa fin,
Bien qu'un puissant soleil pourtant les fasse éclore.

Je crois encor le voir dans l'éclat d'un sculpteur
Imitant à ravir un corps d'homme ou de femme,
Et surtout je devine un plus sublime Auteur,
En voyant qu'à son œuvre il ne peut donner l'âme.

Je le devine même, et ne crois avoir tort,
Dans l'éclat d'un docteur qui sans art de magie
Chez un malade change un tout sinistre sort !
Et surtout quand je vois que malgré son génie,
     Au lieu de lui sauver la vie,
     Parfois il lui donne la mort !...
Oui, dès lors je me dis que celui qui se livre
A l'art de rétablir tous ces corps délabrés,
Ne sachant point les faire à son gré vivre ,
Ce n'est donc point lui qui les a créés......

Oui, puisqu'il est ainsi tant d'hommes de science,
Tant d'avides savants qui ne comblent leurs vœux,
Car s'ils ne sont armés d'une sainte croyance
Ils ne comprennent même où leurs premiers aïeux
Puisèrent leur esprit en prenant l'existence ,
Ni ce qu'est aujourd'hui leur sort silencieux ,
Je dis qu'il doit régner un Maître au-dessus d'eux,

Qui limite à son gré ce degré d'ignorance !
Et quand je vois enfin des riches malheureux,
Et des pauvres qui sont pleins de réjouissance,
Je dis qu'un Roi suprême exerce sa puissance
A la fois, sur le pauvre, et sur nos demi-dieux !

En un mot, tout, ici, sagement me conseille
De m'incliner devant l'Auteur de la merveille
Qui frappe mon esprit et ma vue en tout lieu,
    Enfin devant cet Être-Dieu
Qui jamais n'est oisif, qui jamais ne sommeille,
    Car hélas ! d'un bras triomphant,
A toute heure il bénit l'être humain son enfant !
Tandis que de son œil, sans cesse il le surveille...

Oui, c'est là ma pensée, et c'est aussi ma foi !
    Hélas ! c'est donc pourquoi,
    Tout en faisant ma route
Vers ma future vie, en effet, malgré moi,
Je me sens soucieux, sinon rempli d'effroi,
Car sur les trépassés je ne vois que le doute !...
Oui, je suis tout craintif sur cette loi des morts !
Car je sens que mon âme en secret la redoute ;
    Même avant que mon frêle corps
Ne se sépare d'elle, avant qu'il ne succombe !
Oui, sans attendre enfin que de ma froide tombe,
    Ne s'entr'ouvrent les sombres bords....

Oui, dans cette suprême et sombre perspective
    D'un sublime bonheur,
    Ou d'immense douleur !

Ma pauvre âme est craintive !
Et même elle frémit en songeant au néant,
Comme mon corps le fait près d'un gouffre béant! ...
Ah ! que ne puis-je donc, par sa bouche connaître
Ce qu'entend nous défendre ou ce que peut vouloir,
Ce Maître ayant sur nous un suprême pouvoir,
Certes, mieux à ses lois saurais-je me soumettre !
Ah ! que ne puis-je au moins, des yeux, l'apercevoir,
Car mon cœur l'aimerait davantage peut-être !
Et sur mon futur sort j'aurais plus sûr espoir,
Oui, moins de crainte, hélas! sur ce que je dois être!...

O toi, grand Roi des rois de la terre et des cieux !
   Pourquoi donc cacher à nos yeux
   L'éclat de ta grandeur suprême !
   Et surtout Grand Dieu ! pourquoi même
Rester toujours muet à l'instar des défunts
Qu'ont rongés mille vers dans leurs cites funèbres,
Quand notre esprit te voit même au sein des ténèbres,
Comme on devinerait, en flairant ses parfums
   A travers ce monde funeste,
   Le règne d'une fleur céleste
Qui sans montrer l'éclat de ses attraits divers,
   Viendrait embaumer l'univers !

En cachant à nos yeux ta présence divine
   Que notre esprit devine
Malgré qu'elle s'éclipse à notre ému regard !
En laissant même hélas ! triompher nos souffrances
Sans par toi-même dire enfin, nos récompenses,
O grand Maître divin ! voudrais-tu par hasard,

D'être heureux avec toi, de t'admirer plus tard ,
Nous donner plus de droits, nous donner plus d'envie ?
   Si tels sont tes désirs !
   O grand Dieu je t'en prie ,
Parle à peine, et dès lors, au mépris des plaisirs ,
Je sourirai devant les tourments de ma vie !

Oui , fais donc qu'un instant tes traits purs, radieux,
   Percent enfin la nue ,
   Et viennent en ces lieux
Sourire à notre cœur, sourire à notre vue !

Dis-nous qu'à d'amers pleurs, ni même à trop d'encens,
   Tu ne veux nous contraindre !
   Oui , de tes doux accents ,
Dis que pour n'être indigne, il suffit de te craindre !

Oui, dis-nous que ton cœur est vierge de projets
   De future vengeance !
   Et qu'ainsi tes décrets
Ne sont tous que des fruits d'amour et de clémence!

Dis encor que l'éclat dont le riche est orné
   N'est qu'une vaine gloire !
   Et que l'infortuné
Te plaît quand il a bu tout le fiel qu'il doit boire !

Du superbe envers nous rends donc moins dur l'orgueil,
   La maudite manœuvre !
   Et toi laisse notre œil
Admirer sans effrois, les attraits de ton œuvre !...

Car, grand Dieu ! sans vouloir à ta gloire insulter,
Car ton ouvrage en tout est fait pour enchanter,
Que nous importe ici d'être entourés de charmes,
Si devant nos soucis, hélas ! pour les goûter,
Nous n'avons plus qu'un cœur sans cesse plein d'alarmes !

A quoi nous sert encor de pouvoir par millier
Voir éclore nos fleurs, voir tes astres briller,
Si toujours tout craintifs devant tes lois rigides,
Nous n'avons pour les voir ou pour les contempler,
Que des yeux nuit et jour sinistrement timides !

Eclipse, si tu veux, tous les astres divers !
Détruis encor la rose et nos bocages verts,
Et donne à ta belle œuvre une sinistre face,
Mais fais que ce soupçon qui parle des enfers,
N'attriste plus notre œil, à tout jamais s'efface !

Viens encore sortir les indigents confus,
De ce foyer de fiel qu'anime avec abus,
Le superbe qui trop se rit de la misère !
Ou dis-nous que le pauvre au séjour des élus,
Devient d'autant plus grand, qu'il fut petit sur terre !

Enfin, dis que malgré nos plus blessants travers !
Ton éternel silence à travers l'univers,
N'est point un fatal signe issu de ta colère !
Et que tous tes enfants, même les plus pervers,
Trouveront à tes pieds le pardon d'un bon père....

QUELQUES MOTS

SUR

LES DIVERS ATTRAITS DE LA NATURE

DEUXIÈME PARTIE

Quand parfois les rayons d'une aube printanière
Viennent à mon chevet clore un léger sommeil,
Et qu'à travers la brise matinière
L'œuvre de Dieu vient charmer mon réveil,
Oh ! combien tour à tour je contemple et j'explore
D'abord, un ciel d'azur souriant à l'aurore !
Puis l'horizon en feu dont le reflet vermeil,
Annonce à l'univers un superbe soleil
Dont le sommet des monts presque aussitôt se dore!
Et tandis que j'admire un éclat sans pareil,
Une brise joyeuse où tout semble revivre,
Berce à mes pieds des fleurs dont le parfum m'enivre.

Et la terre à son tour attirant mes regards,
Combien encor ici j'admire à tous égards
Cette immense machine ronde
Où j'aperçois de toutes parts,
Des prés, des bois, des fleurs, de toutes parts du monde !
Où je contemple enfin, dans ma stupeur profonde,

Ses mille et mille enfants divers,
Les uns sur son doux sein, les autres dans les airs,
Et les autres au sein de l'onde !
Et tous comme leur mère, on dirait, bénissant,
Sinon le Tout-Puissant,
L'astre qui la féconde...

Et parmi les attraits à mes yeux les plus chers,
Que la terre étale sans nombre
Dans tous les coins de l'univers !
Combien j'aime un bosquet aux grands panaches verts,
A l'aspect à la fois saisissant, frais et sombre !
Où l'on ne voit que soi dans l'ombre !
Où l'on n'entend qu'un léger bruit
De la plus haute feuille, hélas, qu'agite à peine
Un paisible zéphir dont la suave haleine
Annonce qu'avec grâce il caresse et sourit !
Puis le chant, ou plutôt l'enfantin babillage
De maints oiseaux cachés à travers le feuillage !

Et sondant tour à tour chaque aspect ravissant,
Car cette œuvre divine
A chaque pas révèle un Auteur tout puissant,
Combien j'admire encore, aux pieds d'une colline,
Ces prés déjà riants
Qu'un beau soleil de mai gaiment enfin déride !
Que ceint d'un air superbe un flot d'arbres géants,
Et que sans cesse arrose une source limpide !
Enfin ces prés fleuris où, de leur vol rapide,
Mille gais papillons folâtrent en tous sens !
Où parfois d'une voix plaintive et monotone,

Ces deux suivants couplets je chante ou je fredonne :

O vous gais papillons ! ô vous riantes fleurs,
Que semblent épargner les soucis, les alarmes !
Ah ! faites que j'oublie un instant tous mes pleurs
Pour que je puisse ainsi sourire à vos doux charmes !
Oui, chassez loin de moi cet air triste et confus
  Qui ce semble m'incombe !
Ah ! venez refluer dans mes yeux tout émus,
  Cette larme qui tombe !...

Oui, puisque le destin qui semble se cacher
Comme pour assouvir en secret ses colères,
M'abreuve ainsi de fiel ! Venez, venez sécher
Dans mes humides yeux tant de larmes amères !
Ou du moins si je dois cruellement sentir
  Ces pleurs jusqu'à la tombe,
Sans vous en rire, hélas ! laissez enfin sortir
  Cette larme qui tombe....

J'aime aussi le vieux chêne et plus encor l'ormeau
  Couvrant de son ombrage
  Le front nu d'un hameau
Qui semble se placer sous doux patronage !
Et j'admire surtout le fertile arbrisseau,
  Quand son frêle branchage
Plie, hélas, sous le poids d'un filial fardeau,
Qu'il semble avec amour cacher sous son feuillage !

Et j'aime à voir aussi le géant peuplier
  Dont la taille élancée
  Dans les airs balancée,

Paraît ainsi, sans cesse hardiment envier
    D'arriver à la nue !
Et surtout l'épineux, mais splendide rosier
Quand il flatte à la fois l'odorat et la vue,
    Quand sa rose est venue !
Et lorsque maintes fois, à travers mes soucis,
J'admire en l'abordant cette fleur offensive ;
    Oui, d'une voix plaintive ;
Ces trois humbles quatrains, je lui chante et lui dis :

Ton teint pur, virginal, à la fois vif et tendre !
Ton parfum qu'on devine et qu'on voudrait sentir !
Enfin l'attrait auquel toi seule peux prétendre,
Oui, tout, divine rose, engage à te cueillir !

Mais sachant qu'il n'est point de rose sans épine !
Ah ! d'effroi je me sens près de toi tressaillir,
Car dans mon sort fatal, oui, craignant par routine,
Tout ce qui blesse, hélas ! je n'ose te cueillir !

Cache donc tes attraits, ô séduisante rose !
A mes yeux cache-les, cesse de m'attendrir,
Cache-les, car le ciel ne permet point que j'ose
Un seul jour, à mon gré, de ma main te cueillir !

Mais oubliant la rose ingrate et non gentille,
Car son épine peut jouer de vilains traits,
Je vole vers le lis ! aussi vers la jonquille,
Pour goûter sans danger leurs innocents attraits !
Oui, d'une main hardie et d'un œil qui frétille,

Cette fleur sans épine à mon gré je la prends !

  A mon gré je l'admire !

  A mon gré je la sens !

  Et de ses plus tendres accents

  Ma langue à l'instant vient lui dire :

   O douce et pure fleur,

   Qui ne saurais me nuire !

   Tu donnes à mon cœur

Tout ce qu'au gré des sens, des fleurs, un cœur désire !

  Car toi, ne voulant même en rien,

  Offenser ma fiévreuse main

  Quand tu la vois vers toi tendue,

Tu te laisses cueillir, hélas, oui, presque nue !

  Et tout comme la rose enfin

Tu flattes à ravir l'odorat et la vue !

Non ! tu ne caches point des dards ni du poison

  Sous tes feuilles comme timides !

Non ! tu ne caches point de noire trahison,

  Comme tant de beautés perfides !

   ————————

  Mais si j'aime à flairer,

  Surtout à contempler

Cette mignonne fleur en charmes si féconde,

Mais dont l'attrait charmant ne trahit point le monde,

Oui, j'aime aussi l'aspect d'un limpide ruisseau

Bordé d'épais buissons où la fleur blanche abonde ;

Et même les abords d'un fleuve au grand berceau,

Où j'entends sans effroi le murmure de l'onde....

Parfois j'admire encor l'immensité des mers !...

  Ces autres capitales

Ici-bas sans rivales ,
Recevant dans leur sein tous les fleuves divers !
Oui , mon œil aime à voir
Ce gigantesque et riche réservoir
Où le ciel même emprunte son nuage
Pour donner à la terre un bienfaiteur breuvage !
Où , d'un lointain séjour,
Se mirent tour à tour
Chaque jour l'Astre-Roi , chaque nuit les étoiles !
Où mille grands vaisseaux,
De leur poitrine aiguë, ouvrent les flancs des eaux ,
Tandis que de leurs voiles ,
Sans cesse ils battent l'air !
Où même errent encor des bâtiments de fer.

Et malgré le danger qui sans cesse menace
Sur ce mobile sol , gouffre toujours béant !
J'aime à voir se dresser , d'un élan plein d'audace,
Oui, ces montagnes d'eau qui d'un pas de géant
Surgissent tout-à-coup sur cette plate face,
Comme un monstre en fureur dressé sur son séant !
J'aime aussi quand le flux d'un trait couvre la plage,
Et qu'à son tour d'un trait le reflux le dégage !
Mais j'admire surtout cet aspect imposant !
Lorsque du haut des monts où plus libre est ma vue,
Je contemple au lointain ce lieu plat et luisant,
Tandis que de mon front je caresse la nue....

Et combien j'aime à voir le néant de la nuit,
Quand chaque astre nocturne étincelle, éblouit,
Et qu'au sein du silence un rossignol qui veille ,

Ou du moins qui sommeille ;
Ou peut-être peut-il et chanter et dormir ,
Ne cesse d'attendrir
Mon attentive oreille
A travers les douceurs d'un caressant zéphyr.

Et vers cette heure solennelle
Où tout semble assoupi sur le même oreiller ,
Sauf cet oiseau charmant qui paraît seul veiller
Comme pour faire sentinelle !
J'écoute d'autant plus son chant mélodieux ,
Qu'il est l'unique bruit que j'entende en ces lieux,
A part le bruit fréquent, car il se renouvelle ,
Du papillon de nuit qui m'effleure de l'aile... ;

Ce qui m'émeut encor , c'est lorsqu'à l'horizon
Sinistrement résonne un bruit sourd du tonnerre
Dont le sombre diapason
Semble attrister déjà la terre !
Et surtout ce nuage à l'aspect menaçant,
Dans lequel le tonnerre gronde !
Et qui semble jeter, sur la face du monde,
Un sombre voile en s'avançant !
Oui, sans effroi j'admire et sa mine guerrière
Et ses flancs embrasés de continus éclairs ,
Qui, volant d'un seul trait, d'une à l'autre frontière,
Font pâlir à la fois, l'espace , monts et mers !

Et peu d'instants après , d'un œil toujours avide ,
Bien que portant déjà prudent, sinon timide ,
Autour de moi j'observe , hélas ! non sans abus,

Feuille morte et poussière en tourbillons confus
      S'élevant dans le vide !
Et presque au même instant, l'ouragan en fureur
      Répandant la terreur !
Anéantissant tout d'une marche rapide....

J'observe encor parfois et je maudis en vain,
Un fleuve dont la vague houleuse et mugissante
Eventre les renforts de sa digue impuissante !
Puis entraîne aussitôt, d'un effort surhumain,
Tout ce qui sur ses pas s'enfuit ou se présente !
Les bois secs, les bois verts ! la bête mugissante !
Les palais, la chaumière ! et même l'être humain !
Oui, d'un œil où s'agite une larme naissante,
Et d'une âme à son tour triste et compatissante,
Hélas, j'observe enfin ces grands flots triomphants
Où succombe un bon père enlaçant ses enfants !
Où succombe une mère encore gémissante !

Soumise à l'aquilon qui seul guide ses pas,
Encore j'aime à voir durant les grands frimas,
La neige à gros flocons descendant de la nue !
      Et bientôt formant un amas,
Comme pour recouvrir, par pudeur ici-bas,
      La pauvre terre presque nue....

Et malgré le danger que je dois pressentir
Aux alentours d'un lieu sinistre et solitaire
Où d'épaisses vapeurs vont noircir l'atmosphère,
Où des bruits souterrains s'entendent retentir !
      Oui j'aime encor à voir surgir
      Du sein d'un immense cratère,

Les vomissements d'un volcan
Qui lance dans les airs ses feux mêlés de lave,
Comme un hydrophobe satan
Qui du fond des Enfers vomit la flamme et bave...

Mais ici mettant fin à ces sombres tableaux
De l'ouragan, du feu, des frimas et des flots,
Pour revenir enfin aux charmes
Engendrant de joyeuses larmes,
Oui, j'aime à voir le nid qu'à deux l'oiseau bâtit
Soit dans l'épais buisson, soit sur la branche frêle !
Oui, j'aime chez l'oiseau chaque couple fidèle,
Image ainsi de ceux que chez nous Dieu bénit !

Mais j'admire surtout, ici-bas, l'hirondelle,
Qui sans guide franchit, vers un lointain séjour !
De perfides chemins.... monts et mers tour à tour,
Avide de rejoindre une antique tourelle
Où déjà maintes fois, au gré d'un tendre amour,
A de nouveaux enfants elle a donné le jour !
Oui, ce modeste oiseau, je l'admire et je l'aime,
Car vierge de ravage et de colère même,
Et tour à tour bon fils, bon père et doux voisin,
Des plus nobles vertus il est ainsi l'emblême !
Et comme s'il fût né d'un pur souffle divin,
Il semble être l'oiseau du grand Maître suprême !

Hélas! oui, c'est pourquoi, lorsque parfois j'entends
Retentir dans les airs les échos de ses chants,
Tandis qu'à l'ombre
D'arbres géants,
J'écoute encore le bruit sombre
D'un fleuve dont les flots semblent être plaintifs,

Je dis à ces flots fugitifs

Je dis à ces oiseaux sans nombre

Venez, venez, charmants oiseaux

De votre voix si pure,

Et vous limpides eaux,

De votre doux murmure,

Venez, venez, sous ces rameaux,

Calmer les chagrins que j'endure....

———————

Et j'aime encore à voir, dès nos mois printaniers,

La perdrix-mère, hélas ! conduisant par douzaine

Ses petits, nés d'un jour, et qui sortis à peine

De la coque où naguère ils étaient prisonniers,

Sans aide, à travers champs, cherchent déjà la graine

Dont chacun se nourrit de ses propres deniers.

Mais si mon cœur chérit l'angélique l'hirondelle !

Mon oreille à son tour, sans dire du mal d'elle,

Accorde son amour au joyeux rossignol,

Ce sauvage chanteur dont charme le ramage !

Et de voir que du paon le superbe plumage

Peut à son gré former presque le parasol,

Ou du moins l'éventail, ou balayer le sol,

Mon œil dit : des oiseaux, c'est là le roi, je gage !..

Encore j'aime à voir, autour d'une maison,

En masse folâtrer les poulets et la poule ;

Le pigeon qui roucoule ;

Le vorace canard, le coq et le chapon ;

La dinde et le dindon !

Oh! oui, j'aime à les voir, à les voir de bien proche,

Jusqu'à les voir entrer même dans le salon,
Mais après avoir fait quelques tours à la broche...

        Et puisque l'occasion
Me fait ainsi tomber sur ce charmant chapitre,
        Je vais dire, mais à titre
        De simple observation,
Que de tous les attraits que fournit la nature,
Celui de se trouver assis à table ayant
Pour compagne un ami, puis telle créature
Que la broche a pour vous roussie avec mesure,
N'est je crois le moins doux ni le moins attrayant,
Sauf que la poule, hélas ! ne soit et vieille et dure !
Mais, serait-ce, n'importe ! encore un vrai bonheur
        Sourit, c'est chose incontestable,
        Car tant qu'il siége à votre table
        Votre ami n'est point querelleur,
Et dès lors il vous dit, même d'un air sincère,
Que telle, elle est à point... que telle il la préfère.
Et vous qui croyez presque à ce propos flatteur,
Et qui d'ailleurs voulez prouver à son auteur
Qu'ici, de votre part, c'est chose involontaire,
        Vous versez souvent dans son verre,
Un vieux vin qui pétille, un vin plein de saveur !
Puis sans réserve encor cette riche liqueur
        Eclose comme par mystère,
        Au sein d'un sombre monastère !
        Enfin ce roi des élixirs
        Connu sous le nom de Chartreuse !
Pouvant tout à la fois, par sa vertu fameuse,

Servir, selon nos chers désirs,
A nos plus grands besoins... comme à nos doux plaisirs!

Mais si l'oiseau me plaît, par couple, à notre usage!
Mais si parfois gaiement j'écoute le ramage
De ceux qui dans d'épais rameaux
Restent cachés dans le feuillage !
Si j'aime encor à voir le superbe plumage
De ceux qui sont vraiment très beaux !
Et si je trouve enfin parfait, je le confesse,
Une dinde truffée ayant grassette fesse,
Oui j'aime encor à voir de paisibles troupeaux
Où maints petits agneaux
Dont me plaît l'air timide et la faible assurance,
Tentent de folâtrer de leurs pas incertains !
Où de petits agneaux dont plaît l'air d'innocence
Et les cris enfantins,
Oui, semblent bégayer, à l'instar des humains
Encore dans l'enfance !
Car bientôt tout confus, .
Ou plutôt tout émus
De ne plus voir leur mère un moment égarée,
Ils semblent l'appeler de leur voix éplorée !
Et ce n'est pas en vain
Que cet être inquiet crie et se désespère,
Car cette bonne mère,
Au mépris de sa faim,
Vole aussitôt vers lui ! lui se tourne vers elle !
Et de contentement, hélas ! oui, chacun bêle !

A son tour qu'il est beau ce superbe animal
Qu'on appelle cheval!

A notre gré paisible au sein de nos murailles,
Ou fougueux, plein d'élan, au milieu des batailles,
    Alors que le clairon ,
Organe des combats , qui , là , fait sentinelle ,
    De sa voix solennelle ,
Lui dit qu'il faut percer les flancs d'un bataillon !
Enfin cet animal plein d'ardeur et de zèle ,
    Sous les traits , sous la selle....

    Combien me plaît encor
    Et certes même
    Oui , combien j'aime
    Ce fidèle Médor
Qui me suit en tous lieux, qui me suit à toute heure !
Content quand moi je ris, chagrin quand moi je pleure !
Enfin cet animal qui, lorsque je le bats,
    Lui vite me caresse !
    Et qui jusqu'au trépas,
Veut partager mon sort, même dans la détresse..

    Et dans ma douce émotion ,
J'admire même ici, le tigre et le lion ,
    Le léopard, l'ours, la panthère
    Ainsi que le cruel vautour ,
Caressant l'être auquel ils ont donné le jour ,
Et qu'ils aiment sans frein, à l'instar d'un bon père !

Et j'aime à voir sans cesse , et sans cesse d'un air
    On dirait inquiète ,
La fourmi recherchant un grain, une miette ,
Enfin un vil débris ou de mouche ou de ver
Qu'elle recueille ainsi pour les temps de disette !
Et l'abeille à son tour , avec la même ardeur ,

Le même zèle qu'elle,
Allant de fleur en fleur,
Pour cueillir et masser leur baume bienfaiteur,
Dont s'inondent ses pieds, ses bras, presque son aile !

Et lorsque obéissant au Roi de l'univers !
Je fuis quelques instants tous ces attraits divers
Pour entrer dans un temple aux voûtes gigantesques,
A l'heure où tout un peuple y fait un saint devoir,
Oh ! certes, oui, là j'aime à voir
Soit sous type élégant, soit sous types grotesques,
Et le pauvre et le riche on dirait tous égaux !
Et le jeune et le vieux réunis pêle-mêle !
Oui tous avec le même zèle,
Implorant à genoux le Maître de nos maux !.......

Oui, d'un œil scrutateur et d'une oreille émue,
Là j'observe aussitôt l'impassible tenue
Dont sans cesse chacun humblement s'évertue !
Bientôt après, l'aspect de splendides décors
Où partout l'argent brille, où partout l'or afflue !
Puis, enfin, les encens qui s'en vont vers la nue
Se mêler aux échos de chants aux doux accords !
Et ces mille flambeaux éblouissant ma vue !

Mais si je trouve beaux, au gré de l'Eternel,
Ses temples, sa verdure et l'astre dans le ciel,
Combien j'admire encor, de la terre, la Reine !
Oui, cette fille d'Eve ayant vingt ans à peine,
Au visage à la fois rosé, candide et fin !
Au cœur ému, mais vierge de venin !

Aux grands yeux bruns qu'un long cil noir abrite !
Au pudique regard, à la bouche petite !
Aux ondoyants cheveux tressés, ou caressant
Librement son épaule à la peau blanche et fine !
A la petite main d'un lustre ravissant !
Au pied presque enfantin qu'un fin satin dessine !

C'est ainsi que sans être aveuglément flatteur,
J'ose dire en pensant à cette humaine fleur :
Combien son doux regard pénètre à votre cœur !
Combien son tendre accent vous saisit, vous enflamme !
Combien son air timide agite encor votre âme !
Combien son pur sourire engendre le bonheur !
Combien chez elle enfin plaît sa fine tournure !
Et combien tout captive en cette créature !.....

Et je la trouve encor, je le dis sans détour,
Admirable à trente ans, admirable à vrai dire ;
Quand je la vois sans cesse accorder tour à tour
Un caressant regard, un baiser, un sourire
A maints enfants auxquels elle a donné le jour ;
Enfin les combler tous de tendresse et d'amour !...
Et maintes fois, témoin des faits que je proclame,
Oh ! oui, certes, d'un cœur ému sinon jaloux,
  J'admire ainsi la femme
  Qui dans sa pure flamme
Sait ici-bas donner son cœur à son époux !
Sa vie à ses enfants ! à Dieu donner son âme!..
  Et je dis même qu'en tous temps,
  Oui, loin, bien loin de son printemps,
  La femme est encore agréable,
Quand son cœur reste bon et sa parole affable...

Mais si sa reine est belle et charmante ma foi,
De la terre combien j'admire aussi le roi !
Oui, c'est-à-dire un homme à la taille élancée !
Aux traits mâles et doux, au port majestueux,
Au cœur tout à la fois droit, humble et généreux,
Et par surcroît de gloire, à la riche pensée !...
Oui, ce noble être ici-bas primant tout,
Par son génie et son âme surtout !
Oui, cette image imposante et féconde
De celui qui jadis, suivant ses goûts divers,
Fit tout-à-coup surgir la lumière et les airs !
Et presque tout-à-coup éclore tout un monde !...

* * *

C'est ainsi que d'un cœur et d'un œil soucieux,
Maintes fois je contemple et le ciel et la terre !..
Et quand parfois je songe aux merveilles des cieux,
Que ne peuvent atteindre un seul instant mes yeux,
Dont le regard se trouble à travers l'atmosphère,
Aussitôt mon esprit que guide un même vœu,
Cherche enfin à franchir la céleste frontière,
Avide de sonder jusqu'au trône de Dieu.....

Mais, hélas ! concernant le fond de ce mystère !
Mes yeux et mon esprit impuissants tour à tour
Dans les efforts qu'ici chacun d'eux réitère,
Oui, mon œil qu'éblouit le simple éclat du jour
 S'incline vers la terre !
Confus, mon esprit garde une attitude austère !
 Et dès lors à son tour,
 Ma langue doit se taire.....

www.ingramcontent.com/pod-product-compliance
Lightning Source LLC
Chambersburg PA
CBHW060854180626
46818CB00004B/1700